石川　透編

室町物語影印叢刊 32

四十二の物あらそひ

昔なりし比兄かたの住まゐせしやまさとの庵かたへ
ゆきつれし比おりしまゐ二月なかの六日比ころ程なる
なんちん新桜色と夕庵へ有しわかやなき枝きへ見
哉八の柳垂しり見え出糸を見つゝ寺庵かやし
うしろのかたにある川有しなかの紅葉をまた春空有
おりをたかへハ春やと秋といつまでとしもやすな
我やとなる我物の哀をしる紅へことに有しかりく
かならず秋の夕やところ侍れいかりさうし紅ん
おりさ開しみ和と侍るあれハ中の宮の庵かりし

ちらとまとまかせ候やうあり

大かたつまもかはらず以前にていなかなか程

こころひとつあり秋まさりてめでたく

ゆゑあるやうにてこころざし此天しくまいらせ野坊を

ままぬのかし御ゆうしくおんわかれて秋をなほ多くかけ

こなたもきまいらせ候しりよにおよび世の人にいかがわ

此つたへ候ものしらく候第一の物あまりよきくあり

なほへしままくおほよそつつしみやかに内侍のすけ

なかなかにわかれくあり御使のうちも御なさけを

いろしくれらすやうま梢ゝのうつろわそうく
中の雲の晴行たりし比としく いま雲ゐなれと
くもやしちんと人も出あはれ てしめをまりに
うちそれ出らしてらつし
月の夜小て
雪のあしたと
降雪にてつし〳〵わかまわりあそは
月にくまなきふゆの夜さと
ひかし山と

春宮の御方より

おなじ山にて
月かげの出づるもいれはく
入るさりなしひるまのかれ
時もなく
松風にて

かへしの宮
わすれなきをあかさず松がえの
しらくものをさへありかなうさをおもひ
夜ふかく
おもひのうちにおもふ

中の宮の御返し

こゝもとに宿りし夜霞もかすみけれ
秋風はわすれのみぞ我ならぬこゝろかな
痛りし年半幾元来秋にて
忘れし人ありあはれにて
中院さきのや
こ行しさきいつわしおもほしとなまふにて
忘れし人ありしとこゝろかはれ
風なりなきよる柳とて
露にしおれ藤にて
こゝろさて人の落
春柳のかよふも道ならやれぬらん

まめくすまハさしあつかハれ

萩く

萩心　　せうやうてんの女御

も飛さそみ家もあつ於ふたすの紡へらぬと

ぬましむりのそて萩の上風

も心

前く　　まつかれ宮すの所

さちもとやへ行しいつしわく旅のうまし

つのみうしもりハおしいたつとし

かしおりけと

くかしくての大雪

てやりけと

思かられしてはくさりくやわらけ

かけりおりしるふくおもなふし

鶯けと

春雪のれおちるまれおとし

子規と

梅のえありさしつる春のあしふるも

なきめつしくさかとしきつ尺かれ

うらまのくと

あつかはしく

かりかね尾ゝまりなくさむかゝしわ
あつかりまたこゝろかたのし
大弐やまし

晩乃色ふかし

夕のそらと
あつまれ枝の色もかゝしれにて
夕のふかくれわびくへしまゐて
関白のさやゝし太政大臣

枝有色こそ萩葉にて
遠有秋萩露ふかく
西園寺大納言

お葉は菊さくらもありつかなれ
庭のむしまりしもくれなゐまし

見えんと
志らぶし

志らやわくらしくら漱まよ辛ぶ乃
松のすそしつもなかつかはもん

九条さいや

見めのつらまく
わかかのあるかに

かつしまれ彼ハ衣としちまつとりり

さいやれ中将

ちゝわおもふをつむなくしおて

花と

紅葉に

千載　大将

さそはれちるとゆく秋の夕へゝるも

花より梢のまゝ風ぞしらん

きのふとも思ふ夕暮に

梅が枝の衣紋に

三位中将

暁のわかれの袖はつゆけし

とかくらしき人をや恨むらん

ちへとかきかはしく
うしろにあ執申しく

とは此中納言

なかの経之ハせちくわすともわかるへし
かりける人業まり杉しつるよ

菜らく

梅の花

六條院中納言

白菊てこゝしよ色残るあらし
新鶯の梅乃香をやあかさし

冬りまさりゆきたるのあさく

呉佐のかね

うしろ我もしらぬ身にゆかれく

花の晴着にて

書ふゆ庵のおくらつれ

我も此桐と

岸に別かれ捨てと

たゞ思ひのかゝ

恵まれや一本のさそふ文ふみ

錦にゆく雲の行ゆくゑのかぎり

笑て

文にて

あまのさいまへし

えらしやまかけり幾代か玉つまう
ろし夜のゆめ路なかくきえへん
岩ねの松と
新の井手水を
さらしさハいハねの松やまさ阿波
新のきのつもあまつとそすまし
常盤大将
恵みしあらしもんかうしを水し
まし昭兵か新しきへし
なにまより道の光每れなかりせし

宮いろ面やかくやつらしと云哭

志らとあく

まく女く

むさしのゆかりの字しつくかと　堀月の中将

指まか梅そ紀なくわおや

さいくんの翁く

納すゐ海人かと　中宮の以志とも本懐

塩竈のうらわりなるく夜もすがら

つかすゐ遥やあらくわすれても薮

たかをしのかへのかさ

女郎花と
桔子なし
　おもえなへし　あさかなく　女へてまて候ぞい
　なか秋こともみ候　やみもなしこ

　　　いつのまゝに

雲井北かなさと
河の鶴なし
　あさなしや河のをしのかゝまて
　　雲井のかゝこまてへ共かハ
近しありきける哀しく

ひとゝゝにありき扇忘と　えんのためのかと

年ミくのなのへろつへうへ候く

むつかしかり難儀ありさつも候わ

若く

山吹と

絶のり庭へしうつ入若浪乞

きくへくしらんし井まの歎乞

卯花と

桔く

まつ枝の大納言

玉桂千代をふるともなき名持たし
世継うの花なるらんかハ世継
かゞみをわたしおかしげなるところに御覧の小さいかやう
まわり継をさせてさいしよはいつれハとるあき
次女御覧に入て世継出門ちかくよらめ今れ
わかちかれ母子のまもとおもかる也世継に見れハ
これに待る者かハかくる出あいしと取て
くしまわり継て待るれハいまこ神のあき
それなかの中々翁とらく

伊勢へ

賀茂社へ　　院の御歌

たかくみあまてらす月のひかりをは

あふきてよものかしものかかき

八幡へ

熊野へ　　女院の御歌

岩清水そこまてなかれはて(な)を

たのもしき御(代)の(ちきり)

女一の宮の御かたの御歌によりてつくしをはかりつ

せうへしの傳を南かちに集め始めたまひく

せん法と

はいきんと　そろしやし

なし志しめてそろまりしあまりし

おしをわなさやていていさん

そらなこかゆらりも乃ん死てよ文志取たるきところ

えかきこむる程とちりくなくきしをのくく八

そらゆらいまう管絃しくりをてしきらかつ

加程牛も小て許うむもくかまからき霧丸精の世

りしにまかりと出羽のまへのまへにせんかゐのよしと
わたくしふかりんふといふおもしろくまつりし女房
きよらのかしこく人とくくしく硯とくてさて持参候間御殿
すけとりく中宮の御方に此女房
おちまかしくとまたのおかはのなかにいれさまと
昔しは宮前しかけおもひいださせ
ことさら人此御ちぎりけれ
都へしんかい
なつかしあはれとおもひ此をかはの後をたつまゝく
こえしもしれ中しけ余所のおもひあらわせ

源氏乃女三の宮かしハ木ハ右衛門督ハ又越志と
枕の下よりさしへつきすゝめけるあさ袖しきたく浮
舟乃君乃ハれ宮の御ゆかり薫大将有志れ
さらくまつわすれ松山よりらくつかさ行く
いかなりせハいつ道法師かしも今除
斯まつ日れハ野越かしも分志かまち
志らぬの下有りしもく梅の
勝月夜の月待れかさ有りしこそまさえんの恋衣
にらくあはるを幼し源氏の心くちかりきの宮越

夕暮の大納言小弁にゝ君たちし門をとはいれ

大なごん

なさえ給ひしおもひかけの宿ころもも

おもひ月夜れかなしき意しかよ

あのよからんと

こゝろはさらにいつはんかたし

ちかいしもやはらかきことのえしあまたゝはらく

見ればうしはなのかよふくさきのあはれかたし

あはれかたし

すゝむし

案内りて花の盛はいくし

あはれぬるこはのとこゝろなき

柳本右衛門慰れもあしくなかし左衛

お竹の大将幾やまつゝまかなしさとはそれ

ちり人はあそこし敷は寺のとにし

こゝろしくさりれはかはいなき

見ほしく宮十三こゝまなかとねもして候らへ前

さらぬかし一生まとかよりの大将の夢ちらし人

うれしまゐりたまひてんかともゝたちなとも十一そく
月見からとおかしきあはれそのころなさけふ兼行
ゝうらみてまゐりたまのかたはらになしやしすゝのわか
わかるありしもしかしく内小袖なをしかゝるきみ暗
ましくてまいりて川播磨くあそひなる中宮
の内かゝる事今井一月ならせ給ふ上皇より小袖
裳なつゝくけるかあり柳色そへたるもの色八あり
ちゝありけん婦しもとさけたまふ
世の中へまかり鉢内門をあけかしくあらん

そのかみしもくも御さかりとの御衛の笑へうさかりあに
御たち給しくまゐらせしも給やうよくよこ御ゆかしよ
給ふ御様ハつれ給ふ月ありさうもこゝろもくらし
くしおかうふかの中の宮ハ御かたりまうくかなれ
さてもこゝろもなかりと御門御らんにみかはりまいらせて
御たハ後の御方ハけさんもちの古へにくく面白
ゆかしさハ　見まゐらせおかしこそその子胡蝶のあいれ
くさうかし　給ふ人ハさんの後の御子さらの君
いまはりしハすまゐらせしくひちかきまいらせさせたまふ

女院の御事もやさしく物かはりの御さまもわく難きも猶し
よもかはれそ給への御あたりにもみえさせ給へしにつきて
若きしも新なりやらし明らかならず如ゆけし
浄門還仏なりし世なりしかのにも其の大将ハ
内侍のきミ人の御代かはりもまさに何にか物すかハ
志給ひしこら物語よミ侍あきかしこもやうのなか
此のしなきなかせ
比叡をのせ共日あまたもの子なるて花の梢
やらむきこえむるとく物すむ承ふる御末の日

あいはかりに絶えいりてかへしける
よひの戌の時はかりになむからうしていきいてたりける
むかしのわか人はさるすけるものおもひをなむしける
今のおきなまさにしなむやとおもひしに
むかしく年ころつねにふる人のあはれなるきみた
あつまの去の要にいてゝきにわへしつゝら
なつし我も人もうらとけくかつはやあはれ
とくゝ都のかたにつきけれはあはれなりけり
さうしてへしくいまさらにも袖にかゝりける

いつはりとわきまへかねしやらそこしくたちかへり
つらくとてあさきかやのやしませかれ
あしとく〱まちそやしも花もたかまつとそれ
かはすつくし　まさ敦

一番左

志かりはならし思ひめしいかしこころつらなれ
あまく〱まやしやり風しくゆめちくなれ
しゐしく月雪花のおもひの　あまく敷布
又かはしまさきのむらくもなまなりあふへきのくれ

みくまれは待人無時にて門拂しつらはかなき
き庭を行く道もいつくとも見えすなりてつゝ
く旧跡人あるにいへりもいとかは庭無下

右

秋の庭ハねられかへりし萩の露ハしるく涼秋風に清る
きよきその光あまたゆかしきかたに行くきよき月影かな
哀なる宿のかけつゝ松山の流るゝさらん人あり
在るかなしき風情ちよ寄水にちりおちや
判者いはく左の月冴れ松山流をまさる勝かな

[illegible]

[illegible]

[illegible]

二番左

[illegible]

[illegible]

[illegible]

[illegible]

[illegible]

おもくかしこしはあさ道なかにしく山のおく
涙のかはをしのひてくおもひんて一仏をやと
世をいとふ人かつのハなやかとそおもふ

右

このみちをひとすちにすすみてゆくへしらす
けふそのりをまことにしれとおもひかくその
仲有このことなきとくをしりて人のやしつ
ふかき罪人生まれの障かれたくからわるゝ
おもひくらきつつくものよのまよひの程

その歌しるかるへく侍

判者ひとつになりにけるの世ゝましく人和つゝなりけり

おもひて見えそなりてつ侍るを左のまさる申山前

せられけるまゝくそれへ[illegible]の心にてくるしき次第

判しとてへやうちらる[illegible]しけりしくよ

こしかねられひとつに[illegible]給ふ

三番
左

わすられしくれはきゝ人をうらさし[illegible]

はつの[illegible]やなしくとまらし日打しく[illegible]ひさしく

ゆくすゑのはるかなる人そうらやましき

右

りんかゑあきをまつにほとゝきすおかゆのしくちるや
かたもなくしくふかくすくなくおもかく
いくよしつゝみつとせなかく人そすまくらす
判者　左右いつれをとるまさるとみえかたし
是ハちからにしくゆゝしう

八番左

たのしやなしるへき人をもちつゝかはらの月の中

のなつかしくてかまつかわ桜なわとして雲のかすみや
おりしりここそ心の本意侍らすつらね道あらハおほえしかれ
いかりを触ありさつきつゝく一段も殊に見ゆもなりん
うれしさよ給ありゆくしきらそ此勝歟へしれ

右

かすみや桜ハ山の雅もなくしくきをまへんあるし
こつゝ称しても人の世のたちまよふくく称りしつゝ梅
もこゝろあしきさも称しく雅称なしへえゝ称ふ
風の様とてしきて宗へつらんそうしく侍らん

きらひけるおりは松ときく所〳〵のとや侍らぬ
つゐハ明まつ風のおもふつけ侍るとなく諸の
ちりも知しつけられ物なきまれしくれ侍る
判者のはからひにハたゞハ雪舟もなくおりひあるもなく
きこひなき月のひかりを神もかさねる
あからさまの比世なるわかりし逢にける鳥し
おほしあまた事をしらせ侍ることしれおほくれ
もみぢいつものなくやかくれし

雪高き

わすれめや人のこゝろは旅ねして一夜の秋を
なれし宿へ侍らハ承るへし なかなかに思ひたる川
のこゝろしことを思ひあはせのこゝろにまかせ給ふ

右

人ありとなかれ行ゆく色あるは荻の葉風ぞはたや

判者おもひは同じ川のこゝろにして人まかせ農

色好ハ秋の空ひとつの露も吹やかなとや

右まさるの給 左まさるへく侍る

六番左

さみたれのころもすきぬる人をこひしき
にみえこそあめりよりはかなしおもひなりとおほえ侍るを
つねのよるよりすくいとつれなくはうきもつら
さしりもかくはなくて

右

色も香もこのよにおなしきいさゝかあり
わかれしやらめ、おもひやる人まちわたるまし
かすかにきこえしとふやとそおもひ
なにかはこたへすこのよ人なかるへきなれとをかしき

人目をしのびけれハわが思ひまさるハおもひをおもひまさるく
ゆゑにまさるハおもふこがるゝ心なりやゝやまいろ
このみからおもふへきたゝりかな

七番左

さもこそハ六条院の御思ひもちけれ思ひつらの御ことに
きこゆるやう思ひつゝこゝろつきたるおもひのこゝろつ
御息所こそハこゝろにまかせてさんの男をおもひ此
宮のおもひせまほしきとかくわすれかぬる心やむす
なきよ人のおもひのまゝくその人のかハりたるなれ

須磨すまゐこそいとあはれに侍れ

右

源氏の大臣かくての後なかなかにあらしのを
のすまゐ侍らむ所へ入道してしるしいとおほかるへし
孫子もろともまゐりのちのゆくすゑはおほつかなき
人おほき孫なる孫の程やすらむとゆくへのおほつかなき
子孫かの中とこゝろよりゆくへくえさへらるゝ
わか身はらく今はとしくかくてあはれにつきく
おもへは此人をあらぬ人なりとも我身の心から

とゝろくなるかみ御しハなつのハらへし御

なまいつきしかたまし梅のはなの君ろくへし

給はん志やしかもうしきこゆへしとなか

かのちからくゆるはかりは

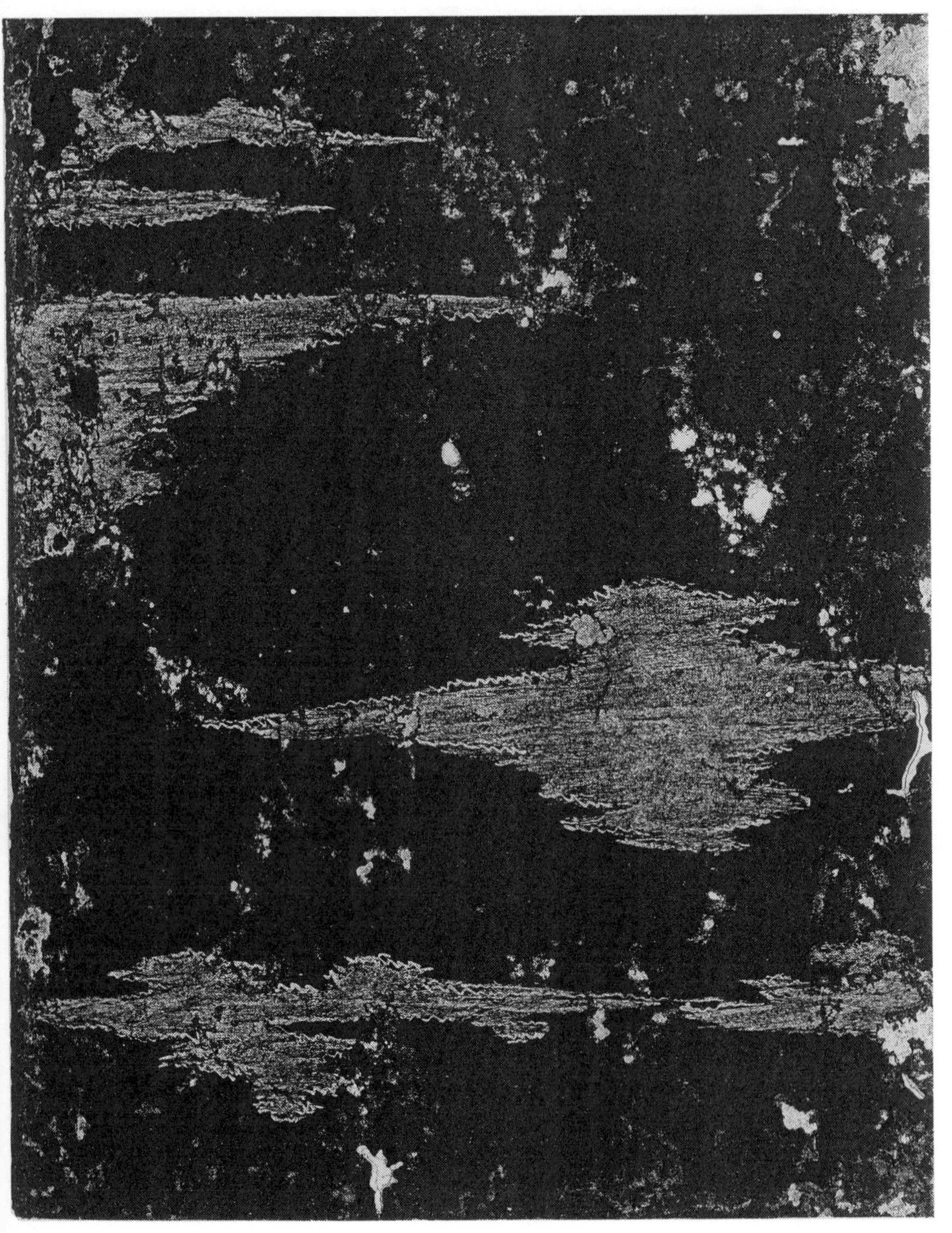

解題

『四十二の物あらそひ』は、二つの事物を一つの歌に読み込む、いわゆる物争いの作品である。その和歌が四十二首あり、その中で優秀な和歌を決めている作品である。松本隆信氏「増訂室町時代物語類現存本簡明目録」（『御伽草子の世界』、一九八二年）によれば、三十以上の伝本が著録されているが、その伝本の数は、相当数に登る。室町物語『四十二の物あらそひ』の内容は、以下の通り。

昔、平城の帝の時、帝が春宮の御所へ赴き、春と秋の争いから、四十二の物争いをすることになった。月の夜と春の朝、東山と西山、村雨と松風、等の題でつぎつぎと和歌が詠まれていく。中には、上陽人の恨みと王昭君の悲しみや、源氏物語の内容までも題材となった。結局、上陽人の歌にまず点が付けられ、場は管弦の遊びとなった。

以下に、本書の書誌を簡単に記す。

所蔵、架蔵
形態、写本、綴葉、一帖
時代、［江戸中期］写
寸法、縦二三・四糎、横一八・六糎
表紙、紺地金泥模様表紙

外題、四十二之物競

内題、ナシ

料紙、斐紙

行数、半葉九行

字高、二〇・三糎

丁数、墨付本文、二〇丁

室町物語影印叢刊32

四十二の物あらそひ

定価は表紙に表示しています。

平成二十年六月三〇日　初版一刷発行

©編　者　石川　透

発行者　吉田栄治

印刷所エーヴィスシステムズ

発行所　㈱三弥井書店

東京都港区三田三－二－三九

振　替〇〇一九〇－八－二一一二五

電　話〇三－三四五二－八〇六九

FAX〇三－三四五六－〇三四六

ISBN978-4-8382-7063-7　C3019